Nach den ab 1.8.2006 verbindlichen Rechtschreibregeln.

Bibliografische Information der Deutschen Bibliothek
Die Deutsche Bibliothek verzeichnet diese Publikation
in der Deutschen Nationalbibliografie;
detaillierte bibliografische Daten sind im Internet
über http://dnb.ddb.de abrufbar.

Redaktionelle Leitung: Eva Schill
Lektorat: Sophia Marzolff
Herstellung: Claudia Rönsch
Layout: Michelle Vollmer, Mainz
Satz: Cornelia Rößler, Mainz
Umschlaggestaltung: Mischa Acker
Printed in Malaysia
ISBN-13: 978-3-411-70793-5
ISBN-10: 3-411-70793-3

Lesedetektive

Viktor und die Fußball-Dinos

Barbara Zoschke
mit Bildern von Markus Grolik

Dudenverlag
Mannheim · Leipzig · Wien · Zürich

Inhalt

1. Nach dem Spiel ist vor dem Spiel

Oje! Das dritte Saisonspiel der F-Jugendmannschaften ist zu Ende. Und der TSV hat 0:4 verloren. Mit Viktor als Torwart.
Die Spieler trotten mit hängenden Köpfen vom Platz.
Benno stößt Kilian in die Seite und sagt laut: „Der Viktor ist die totale Flasche. Der hält ja nichts. So gewinnen wir nie."
Viktor schluckt. „So eine Gemeinheit", denkt er.

Der Trainer will der Mannschaft Mut machen. „Nicht so schlimm, Jungs“, sagt er in der Umkleidekabine. „Beim nächsten Spiel macht ihr’s besser.“

Viktor seufzt und denkt: „Fragt sich nur, wie.“

Mario, sein bester Kumpel, sitzt neben ihm auf der Bank und knotet sich die Schuhbänder auf. Er sieht Viktor von unten an. „Das waren ja vielleicht Riesen, die von der anderen Mannschaft“, mault er.

Viktor lächelt dankbar. Wenigstens macht sein Freund ihm keine Vorwürfe.

„Ich habe aber auch gehalten wie der letzte Mensch!“, gibt er zu.

Und Mario widerspricht nicht. Er nickt sogar.

„Weißt du, als dieser Riese von Stürmer auf mich zurannte“, erklärt Viktor, „da hab ich einen Moment lang gedacht …“ Er hält die Luft an.

Mario richtet sich auf und sieht Viktor erwartungsvoll an. „Was hast du gedacht?“

„Äh“, sagt Viktor verlegen. Er weiß nicht, wie er den Satz beenden soll. Er kann Mario doch nichts von dem Dino erzählen. Wieso hat er überhaupt davon angefangen?
Mario nickt seinem Freund aufmunternd zu.
„Da hab ich einen Moment lang gedacht …“
Viktor holt tief Luft. Er würde gern mit jemandem über die Dinos reden. Aber ihm fehlt der Mut. „Ach, schon gut!“, sagt er und winkt ab.
Mario zuckt mit den Schultern. Er fragt nicht weiter nach.
Viktor beißt sich auf die Lippe. Ab jetzt wird er besser aufpassen, was er sagt.
Schließlich will er sich nicht zum Gespött der Mannschaft machen. Was sollen die anderen denken, wenn sie erfahren, dass Viktor manchmal Dinosaurier auf dem Platz rumrennen sieht? Richtige Dinosaurier. Tyrannosaurus Rex und so. In voller Lebensgröße! Und zwar immer dann, wenn

der TSV ein wichtiges Spiel hat und ein Gegenspieler mit dem Ball am Fuß auf sein Tor zurennt. Eben ist er noch ein Junge in Viktors Alter und plötzlich verwandelt er sich in einen Dinosaurier. Viktor will jedes Mal schreiend aus dem Tor rennen. An Halten ist dann natürlich nicht mehr zu denken, sodass er jede Menge Tore kassiert und die Mannschaft verliert.
Es ist furchtbar.

2. Dr. Dino, bitte kommen!

Als Viktor vom Spiel nach Hause kommt, sitzt seine Oma auf der Terrasse unter dem Sonnenschirm. Seit sie alleine wohnt, kommt sie samstags immer zum Mittagessen.

„Hallo, Oma“, grüßt Viktor.

Oma schüttelt ihrem Enkel die Hand und guckt lächelnd an ihm hoch und runter.

„So sah Emil, ich meine: dein Großvater, auch immer aus, wenn er von den Spielen kam. Glücklich und verschwitzt.“

Viktor lässt die Trainingstasche fallen. Verschwitzt stimmt, aber glücklich? Oma fährt fort: „Er war der beste Torwart vom FC Stommeln!“
Viktor seufzt. Er hat keine Lust auf die alten Geschichten, er muss über sein Dinoproblem nachdenken – und zwar dringend. Schließlich muss der TSV auch mal wieder gewinnen.
„Ich gehe erst mal duschen“, verkündet er deshalb.
„Und wir gehen in die Küche“, sagt seine Mutter und ruft ihm hinterher: „Wie war denn das Spiel?“
Viktor tut so, als hätte er es nicht gehört, geht den Flur entlang in sein Zimmer und wirft sich aufs Bett.
Er hört, wie Mama und Oma sich in der Küche unterhalten.
Nach einer Weile fragt Mama: „Und was sagt der Arzt dazu?“

Viktor setzt sich mit einem Ruck auf. „Ein Arzt! Das ist es doch!“, denkt er. Er muss einen Arzt fragen, ob bei ihm alles in Ordnung ist. Vielleicht gibt es eine schlimme Krankheit. Die Dinosaurieritis oder so. Er könnte Tabletten dagegen nehmen. Am besten schaut er gleich nachher im Telefonbuch unter Dinosaurier nach. Vielleicht findet er einen Dr. Dino. Er darf nichts unversucht lassen.

3. Und dann auch noch Oma

Beim Mittagessen erzählt Viktor dann doch, dass sie verloren haben. Mal wieder. Aber so richtig kommt er nicht zu Wort, weil Oma ihn immer wieder unterbricht. Sie erzählt die Fußballgeschichten von Opa Emil, die sie schon alle kennen. Und dass sie ihn immer angefeuert hat. Als endlich der Nachtisch verspeist ist, steht Viktor auf und will sich das Telefonbuch holen. Da fragt sein Vater: „Viktor, was hältst du eigentlich davon, wenn du die Oma zum nächsten Spiel mal mitnimmst?"
Viktor dreht sich um und starrt seinen Vater an: „Wie? Mitnehmen?"
Papa legt Oma eine Hand auf den Arm und sieht wieder zu Viktor. „Ihre Wohnung liegt direkt neben deinem Fußballplatz. Du könntest Oma abholen und mitnehmen. Sie versteht eine Menge von Fußball!"

Oma nickt freudestrahlend.
Viktor ist entsetzt. Er findet, sein Dinoproblem ist groß genug, er kann sich jetzt nicht auch noch um Oma kümmern.
Außerdem, wie sieht das denn aus?
Zu einem Fußballspiel können die Väter mitkommen, zur Not auch die Mütter, aber doch nicht die Omas!
Er zuckt mit den Schultern. „Ich glaube, nächste Woche haben wir ein Auswärtsspiel“, lügt er.
Mama runzelt die Stirn. „Ich schau mal auf den Spielplan“, sagt sie und steht auf. „Er hängt in der Küche an der Pinnwand.“
„So ein Mist“, denkt Viktor.
„Ihr habt ein Heimspiel!“, ruft Mama aus der Küche.
Papa grinst. „Na fein!

1. Fall: Wie hieß Viktors Großvater?

Erwin

Dann hätten wir das also geklärt. Freust du dich, Mutter?“

Oma nickt.

Viktor schnappt sich das Telefonbuch und verschwindet wortlos in seinem Zimmer. Er geht wie ein Tiger im Käfig auf und ab. Das kann ja wohl nicht wahr sein, oder? Warum muss er Oma mit zum Fußball schleppen?

Erich

Emil

Benno und Kilian werden sich garantiert totlachen! Die halten ihn ja sowieso schon für eine Flasche. Das ist so gemein! Und er kann nichts machen, denn Oma sitzt da und freut sich schon. Das hat sich Papa toll ausgedacht!
Viktor lässt sich auf den Boden fallen und blättert wie ein Verrückter im Telefonbuch herum. Es gibt natürlich keinen Dr. Dino. Jedenfalls kann Viktor keinen finden, obwohl er die Ärzte von A bis Z durchgeht.

Als Oma weg ist, fängt Viktor sofort an zu maulen. Dass er Oma nicht mitnehmen will und so. Dass er sich weigert. Er mault den ganzen Tag, den ganzen nächsten Tag, ja eigentlich die ganze Woche über. Aber es nützt nichts. Er muss Oma mitnehmen! Sie zwingen ihn dazu.

4. Viktor vor! Noch ein Tor!

Am nächsten Samstag steuert Viktor mit seiner Oma direkt auf die Bank zu, die vor dem Vereinshaus steht.
„Hier kannst du dich hinsetzen, Oma“, sagt Viktor entschieden. „Von hier aus kannst du alles sehen.“
Oma nickt und setzt sich auf die Bank.
Und Viktor rennt erleichtert auf den Platz.
Das hat er sich gut ausgedacht!
Denn wenn Oma da sitzt, wird überhaupt niemand merken, dass sie zu ihm gehört.

Kaum hat der Schiri das Spiel angepfiffen, passt ein ziemlich dicker Gegenspieler quer über den Platz genau zu einem Stürmer hinüber. Der Ball fliegt sehr hoch.
Mario will mit einem Kopfball dazwischengehen, was ihm aber nicht gelingt.
Der Ball springt einmal auf, Mario stoppt ihn mit dem Fuß und will gerade vorwärts preschen. Aber genau in dem Augenblick steht der dicke Gegenspieler vor ihm. Er peilt Viktors Tor an.
Viktor kann ihm ins Gesicht sehen – und was sieht er? Eine Dinoschnauze. Wirklich! Der Typ hat eine Dinoschnauze.
Viktor kneift die Augen zusammen und hört sein Herz vor Angst rasen. Gleich ist der Dicke ein kompletter Dinosaurier, der erst Mario

2. Fall: Warum spricht Viktor mit niemandem über sein Dinoproblem?

Er findet keine Gelegenheit.

in die Erde stampfen und dann ihm, Viktor, den Ball um die Ohren hauen wird.
Viktor kneift die Augen noch fester zu. Er hat schon ganz weiche Knie. Er will nur noch eins: Weg! Raus aus dem Tor!
Da piepst eine Stimme: „Viktor vor! Noch ein Tor!“

Viktor reißt die Augen wieder auf. Da steht ja seine Oma am Spielfeldrand und fuchtelt mit ihrem Stock in der Luft herum. „Viktor vor! Noch ein Tor!“, ruft sie, so laut sie kann.

Ihm fehlt der Mut dazu.

Er hat keine Zeit.

Mein Gott! Wie peinlich! Als Torwart schießt man doch keine Tore! Und überhaupt! Was ist das denn für ein Uraltspruch?
Alle starren Viktor an. Nur Viktor. Sie sehen, wie er bewegungslos herumsteht und darauf wartet, dass ihm der Gegenspieler den Ball unter die Latte knallt.
Viktor hebt den Kopf. Was bleibt ihm anderes übrig? Er sieht dem Gegenspieler direkt ins Gesicht. Seine Dinoschnauze ist verschwunden. Einfach weg! Der Dicke holt weit mit dem Fuß aus, sieht ein letztes Mal zu Viktors Tor und schießt.
Plötzlich ist alles ganz einfach. Viktor springt hoch, sehr hoch, und schnappt den Ball aus der Luft, als wäre er ein Luftballon. Der Jubel ist unbeschreiblich.

5. Einmal Oma – immer Oma?

„Genial“, denkt Viktor voller Stolz. Vielleicht löst sich sein Dinoproblem gerade in Luft auf. Ohne Doktor und Tabletten. Glücklich winkt er seiner Oma, die mit dem Gehstock über dem Arm am Spielfeldrand steht. Viktor geht zurück ins Tor und schwört sich: „Ab jetzt lasse ich keinen Ball mehr rein.“ Er tänzelt in seinem Tor von links nach rechts und sieht konzentriert geradeaus. Die Gegenmannschaft hat sich neu aufgebaut. Jetzt spielen sie mit einer Dreierspitze und passen sich die Bälle im Vorwärtslaufen zu. Als die Stürmer nur noch zwanzig Meter entfernt sind, sieht Viktor, dass er sich zu früh gefreut hat. Das Dinoproblem kommt geradewegs auf ihn zu. Diesmal fängt es bei den Füßen an. Viktor traut seinen Augen nicht, aber die drei gegnerischen Torjäger bekommen tatsächlich nacheinander Dinofüße.

Richtige Riesenstampfer. Sie schieben den Ball unaufhaltsam nach vorn. Er hat keine Chance, ihren Schuss abzuwehren. Viktor hebt die Hände, um sie vor die Augen zu legen, da hört er Oma erneut rufen: „Viktor vor! Noch ein Tor!“
Wieder starrt der ganze Platz nur auf Viktor! Es ist zum Verzweifeln. Was soll er tun?
Da trifft ihn der Ball am Kopf. Von dort tropft er drei Meter neben ihn. Viktor ist mit einem Mal hellwach, er spurtet dem Ball nach und schießt ihn pfeilgerade in die gegnerische Hälfte. Benno nimmt den Ball volley und befördert ihn weiter nach vorn. Kilian sieht dem Ball entgegen, springt im richtigen Augenblick hoch und köpft das Leder ins Tor. 1:0!

Ab jetzt spielen sie wie die Teufel. Mario lässt zwar dauernd die Bälle durch, aber Viktor baggert alles raus, was auf ihn zukommt, und der Sturm macht Druck ohne Ende. So schießen sie noch zwei Tore, ohne auch nur einen Gegentreffer zu kassieren. Nach dem Spiel stehen alle glücklich zusammen. Viktor ist der Held des Tages. Alle reden aufgeregt durcheinander, als der Trainer plötzlich sagt: „Du hast fantastisch gespielt, Viktor. Bring deine Oma ruhig öfter mit!"

6. Eine wichtige Entscheidung

Viktor schaut verlegen in die Runde. Kilian und Benno stupsen sich an und kichern. Da wird Viktor gleich rot. Er räuspert sich: „Ich muss los“, sagt er und geht vom Platz. Seine Oma folgt ihm langsam.
Vor ihrer Wohnung angekommen, verabschiedet sich Viktor schnell von ihr und läuft nach Hause.
Abends kann er lange nicht einschlafen. Unruhig wälzt er sich im Bett hin und her. Jetzt hat er toll gespielt, aber der doofe Kilian und der noch viel doofere Benno lachen immer noch über ihn. Wegen Oma! Hat er es doch gewusst. Die wird er garan-

tiert nicht mehr mitnehmen, da kann Papa Kopfstände machen.
Andererseits: Vielleicht hat der Trainer ja Recht und Oma bringt ihm Glück. Sind die Dinos nicht immer dann verschwunden, wenn Oma ihren Spruch gerufen hat?
Viktor blinzelt in die Dunkelheit. Vor seinem Fenster rauschen die Blätter in den Bäumen, die Äste tanzen im Wind. „Vielleicht hat Oma magische Kräfte“, überlegt Viktor. „Das soll bei alten Frauen vorkommen. Und vielleicht ist ihr Gehstock gar kein Gehstock, sondern ein Zauberstab.“
Viktor setzt sich auf. Sein Herz klopft vor Aufregung. Wenn das stimmt! Dann wäre er

ab sofort die Nummer eins im Tor. Dann würden sie so schnell kein Spiel mehr verlieren und könnten mit der Mannschaft einen guten Platz belegen. Dann würden Benno und Kilian aber staunen und bestimmt nicht mehr über ihn lachen.

Viktor lässt sich zurück in die Kissen fallen und flüstert: „Und wenn ich Oma noch einmal mitnehme? Nur noch einmal? Zu einem Testspiel sozusagen?“ Über dieser Frage schläft er irgendwann ein.

3. Fall: Was sind magische Kräfte?

Anziehungskräfte

7. Das Abkommen

Am nächsten Morgen sitzt Viktor grübelnd beim Frühstück, als das Telefon klingelt.
„Es ist für dich“, sagt Viktors Mutter und reicht ihm den Hörer.
„Hallo?“, meldet sich Viktor.
„Ich bins“, sagt Mario.
„Was gibts?“
„War super gestern, was?“, beginnt Mario.
„Sag mal … Kommt deine Oma zum nächsten Spiel wieder mit?“
„Wieso?“, fragt Viktor.
„Na ja“, sagt Mario. „Wäre doch ganz gut, oder?“
„Mmm“, macht Viktor unbestimmt.
„Meine Oma in Italien, die könnte das auch, glaube ich.“

Zauberkräfte

Antriebskräfte

„Was?“, fragt Viktor alarmiert. Er ist sich nicht sicher, ob er seinen Freund richtig verstanden hat. Hält Mario es etwa auch für möglich, dass seine Oma magische Kräfte hat?

„Na ja“, sagt Mario. „Du hast gehalten – das war bundesligareif.“

Viktor steht auf und schließt die Küchentür. Schließlich muss nicht jeder hören, was hier besprochen wird. Dann fragt er leise:

„Meinst du, ich hab so gut gehalten, weil meine Oma da war?“

Am anderen Ende der Leitung ist Schweigen. Dann lacht Mario plötzlich los. „Ja, weswegen denn sonst? Ich hab das genau mitgekriegt. Wenn deine Oma dich ange-

feuert hat, hast du gehalten wie ein Profi!"
Viktor wird rot. „Na ja, ich hab mich auch schon gefragt, ob sie vielleicht magische Kräfte hat oder so ..."
„Vielleicht?", ruft Mario durch den Hörer. „Ich bin mir ganz sicher. Meine Oma in Italien, die hat mal einer Freundin zwei Warzen weggezaubert. Mitten im Gesicht waren die und riesengroß. Meine Oma hat die angeguckt und dann irgendeinen Spruch gemacht und zack! Weg waren die Ekeldinger."
„Echt?"
„Klar", sagt Mario. „Also. Was ist jetzt? Fragst du deine Oma, ob sie wieder mitkommt?"
„Klar!", sagt Viktor ohne zu zögern, denn plötzlich ist er sich seiner Sache ganz sicher.
„Super!", sagt Mario. „Also bis Samstag. Ich freu mich schon." Dann legt er auf.

8. Das Testspiel

Als Viktor seine Oma am Samstag abholt, steht sie schon in Hut und Mantel vor dem Haus. Sie hakt sich bei Viktor unter und los gehts Richtung Fußballplatz. Viktor betrachtet heimlich den Gehstock, den sich Oma wie einen Regenschirm über den Arm gehängt hat.
Oma bemerkt Viktors Blicke und sagt: „Den brauche ich nicht immer. Das ist mein Retter in der Not, verstehst du?“
Viktor schaut seine Oma an und nickt langsam. „Ich verstehe.“
Diesmal führt Viktor seine Oma direkt an den Spielfeldrand. Mario wartet schon.
Als er Viktor und seine Oma kommen sieht, rennt er auf sie zu. „Guten Tag“, begrüßt er Viktors Oma freundlich.
„Das ist Mario“, erklärt Viktor. „Unser Verteidiger.“

„Guten Tag, Mario!“
„Schade, dass meine Oma in Italien wohnt“, sagt Mario. „Sonst würde ich sie auch mal mitbringen.“
Oma lächelt Mario an. „Das ist aber nett von dir.“
Viktor wird es ein bisschen mulmig. Er möchte jetzt nicht über magische Kräfte oder Warzen oder Ähnliches reden. Schnell zieht er Mario von seiner Oma weg und sagt: „Wir müssen uns umziehen gehen. Und du guckst uns nachher zu, ja?“

Er blickt seine Oma fragend an. Zur Sicherheit fügt er noch hinzu: „So wie beim letzten Spiel!“

„Ja, ja“, sagt die Oma. „Wie beim letzten Spiel.“

Wenig später pfeift der Schiri das Spiel an. Viktor ist nervös wie immer. Die Gegenspieler wirken sehr überlegen. Sie haben kein bisschen Angst, scheint es. Viktor schaut zu seiner Oma, ob sie auch gut aufpasst. Schließlich muss sie im entscheidenden Augenblick ihren Spruch rufen.

Aber Oma guckt gar nicht. Sie unterhält sich mit Tims Mutter und bekommt vom Spiel nichts mit.

Ob Viktor mal zu ihr gehen soll? Aber da sieht er, wie Mario den Ball chancenlos an einen

4. Fall: Welche Position hat Mario im Spiel?

Verteidiger

Gegenspieler verliert. Dem klebt der Ball förmlich am Fuß und so prescht er wie eine Dampflok auf Viktor zu. Wie eine Dampflok? Nein, wie ein dampfender Dino. Viktor sieht es ganz deutlich. Aus seiner Nase zischt Rauch, aus den Ohren qualmt es und – wie furchtbar – sogar aus seinen Augen steigen Rauchwolken.

Stürmer

Mittelfeldspieler

Viktor kann es nicht mehr aushalten. Keine zehn Pferde halten ihn mehr im Tor. Er muss hier verschwinden, bevor dieser rauchende Koloss ihn zu einem Aschehaufen verbrennt. Viktor läuft zur Seitenlinie, da hört er seine Oma rufen: „Viktor vor! Noch ein Tor!" Viktor stoppt und sieht die Augenpaare von mindestens fünfzig Zuschauern auf sich gerichtet. „Viktor vor! Noch ein Tor!", ruft seine Oma.

Viktor hat keine Wahl, er rennt zurück auf seine Position. Der furchterregende Gegner hat den Ball offenbar verloren, jedenfalls umdribbelt Mario gerade die gegnerische Abwehr. Und seine Oma brüllt. Aber einen anderen Spruch. Irgendetwas Italienisches. „Forza, Mario“ oder so ähnlich. Viktor muss lachen. Seine Oma sieht wirklich sehr lustig aus mit ihrem Stock und dem Hut, den sie trägt, obwohl es gar nicht kalt ist. „Vielleicht ist das ja ihr Zauberhut“, überlegt er. Und genau in dem Augenblick schießt Mario sein erstes Tor. Und das als

Verteidiger! 1:0 in der elften Minute. Viktor reißt die Arme hoch und rennt quer über den Platz zu seinem Freund. Er fällt ihm um den Hals. Mario hüpft auf und ab und ruft: „Bei mir funktioniert es auch. Hast du das gesehen? So ein tolles Tor!“
„Ja!“, ruft Viktor begeistert. „Meine Oma kann wirklich zaubern! Und sie kann sogar Italienisch!“
Nach dem Spiel, das der TSV tatsächlich gewinnt, ruft der Trainer die Mannschaft zusammen:
„Demnächst geht es um die Wurst, Leute. Wir spielen um den dritten Platz. Das haben wir noch nie geschafft. Aber!“, sagt der Trainer und hebt warnend die Hand. „Der Gegner ist ziemlich stark. Nur wenn wir so spielen wie heute, können wir gewinnen.“
Viktor hat das Gefühl, dass der Trainer ihn dabei ganz besonders lange anguckt.

Mario knufft Viktor in die Seite und zwinkert ihm zu. „Kein Problem, oder?“
Dann begleiten die beiden Viktors Oma nach Hause. Vor der Tür sagt sie: „Bei eurem nächsten Heimspiel musst du mich nicht abholen, Viktor. Ich komme allein zum Platz. Ich habe vorher noch etwas zu erledigen.“

9. Ein besonders schwerer Gegner

An dem entscheidenden Tag wartet Viktor ungeduldig auf seine Oma.
„Wo bleibt sie denn nur?", fragt er besorgt.
„Ist sie vielleicht krank?", fragt Mario.
Die beiden sitzen auf der Bank vor dem Vereinshaus und lassen den Eingang nicht aus den Augen. Aber Oma kommt nicht. Stattdessen kommt der Gegner. Der Trainer hatte Recht. Die Mannschaft sieht sehr gefährlich aus. Die Spieler tragen Trikots mit flammend roten Zahlen auf dem Rücken und einem großen Werbeaufdruck vorn auf der Brust.

„Wir heizen Ihnen ein – Sanitär Rex", liest Viktor leise auf dem Trikot. Er schluckt. „Gegen die

5. Fall: Wofür wirbt die gegnerische Mannschaft mit ihren Trikots?

für ein Sägewerk

gewinnen wir niemals!“, flüstert er seinem Freund zu.
„Nicht ohne deine Oma“, sagt Mario.
Immer wieder schauen die beiden nervös zum Eingang.
Aber Viktors Oma kommt nicht.
Als der Trainer die Mannschaft zur Besprechung zusammenruft, ist sie immer noch nicht da. Viktor blinzelt zur Gegenmannschaft rüber.

für ein Autohaus

für eine Heizungsfirma

Er kann seinem Trainer überhaupt nicht zuhören, in seinem Magen ist die Hölle los. Es fühlt sich an, als würden dicke Murmeln durch sein Gedärm rollen. Und Luft bekommt er auch fast keine.
Wieder schaut er zu den Gegnern.
Aber was ist denn das?

Vor Schreck schlägt er die Hände vor die Augen. Auf der Gegenseite stehen elf Dinosaurier. Und das Spiel hat noch nicht einmal begonnen.
„Und du ab ins Tor“, hört Viktor seinen Trainer sagen.

Viktor setzt sich mechanisch in Bewegung. „Bloß nicht hingucken“, denkt er. Im Tor wirft er einen verstohlenen Blick zur Seitenlinie. Aber Omas Platz ist leer.
Der Schiri pfeift das Spiel an. Das Losglück ist auf ihrer Seite, sie haben Anstoß. Aber die Gegner kommen sofort in Ballbesitz. Viktor versucht nur seine Mitspieler zu sehen. Aber immer wieder drängt sich ein Dinosaurier in sein Blickfeld. Sie sind schon dicht an seinen Kasten herangekommen und Viktor sieht, dass Mario sein Bestes gibt. Tapfer läuft er sich die Lunge aus dem Hals bei dem Versuch, in Ballbesitz zu kommen. Viktor tänzelt ein bisschen hin und her, seine Knie sind butterweich. Als Dino Nummer 4 nach dem Ball tritt, breitet er automatisch die Arme weit aus. Mit den Fingerspitzen berührt er den Ball sogar noch, aber als das Leder ins Netz knallt, wackelt das ganze Tor. Viktor schießen die Tränen in die Augen.

Er wird ein Tor nach dem anderen kassieren, er weiß es genau. Sie werden haushoch verlieren. Der Trainer wird supersauer sein und Kilian und Benno können wieder richtig herzlich lachen über ihn, die Flasche im Tor. „Bitte, Oma, komm doch!“, fleht Viktor innerlich.

Er legt sich den Ball vor die Füße und schießt irgendwohin, um nur ja nicht aufblicken zu müssen.
Zur Halbzeit steht es 0:3 und Oma ist immer noch nicht da.

10. Der magische Spruch

Der Trainer hält eine Ansprache, die sich gewaschen hat. Von wegen „Teamgeist" und „sich auflehnen" und „gewinnen wollen".
Viktor starrt auf seine Schuhspitzen.
Da sagt Benno laut und deutlich: „Mit der Flasche im Tor können wir doch sowieso einpacken."
„Viktor hat in den letzten Spielen toll gehalten", verteidigt der Trainer ihn.
Kilian kichert. „Da war ja auch seine Omi dabei."

Benno lacht jetzt auch.
„Blödmänner“, schimpft Mario.
„So, Schluss jetzt“, befiehlt der Trainer.
„Es geht weiter.“
Viktor geht schnell ins Tor. Er weiß nicht, ob er mehr Angst oder mehr Wut im Bauch hat. Jedenfalls hätte er große Lust, Benno und Kilian mal kräftig in den Hintern zu treten.
Diesmal haben die Gegner Anstoß. Sie spielen sich den Ball flach über die gesamte Spielfeldbreite zu und bewegen sich dabei auf sein Tor zu. Keiner seiner Mitspieler kommt in Ballkontakt, auch nicht Kilian oder Benno. „Jetzt knallen sie ihn mir wieder rein“, will Viktor gerade flüstern, aber stattdessen hört er sich zu seinem eigenen Erstaunen sagen: „Viktor vor! Noch ein Tor!“

6. Fall: Viktor ist wütend auf Benno und Kilian. Er würde sie am liebsten

in den Hintern treten.

Mario, der das gehört hat, dreht sich zu Viktor um. Der lächelt und wiederholt: „Viktor vor! Noch ein Tor!“ Jetzt sagen sie es zusammen. „Viktor vor! Noch ein Tor!“ Sie werden immer lauter. Und endlich traut sich Viktor aufzuschauen. Die Nummer 6 der Gegenmannschaft hat den Ball. Auf seinem Trikot liest Viktor „Wir heizen Ihnen ein – Tyrannosaurus Rex“.

übers Ohr hauen.

in die Flucht schlagen.

Aber er wendet den Blick nicht ab. Er flüstert immer weiter seinen Spruch. Der Ball fliegt pfeilgerade auf ihn zu. Er muss nur stehen bleiben. „Viktor vor! Noch ein Tor!“, sagt er laut, breitet die Arme aus – und klappt über dem Ball zusammen. Erst als Mario jubelnd auf ihn fällt, begreift er: Er hält den Ball in seinen Armen.
Viktor macht sich frei und rappelt sich hoch. Er läuft mit gereckten Armen um sein Tor.

„Viktor vor! Noch ein Tor!“, brüllt er. Jetzt fangen auch ihre Fans an zu rufen. Dazu klatschen sie im Takt. Sie rufen ununterbrochen, egal was gerade auf dem Platz passiert, die ganze zweite Halbzeit über.
Kurz vor Spielende steht es für sie 4:3. Als der Schlusspfiff ertönt, lässt Viktor sich einfach fallen. Auf dem Rücken liegend starrt er in den Himmel. Er kann sein Glück gar nicht fassen.

Er rollt sich auf die Seite und da steht Oma. Viktor springt auf. „Wo warst du denn, Oma?“, fragt er.
Oma lächelt geheimnisvoll. Sie öffnet ihre Handtasche und zieht ein Trikot aus der Tasche. Es ist weiß-blau gestreift. „Das habe ich für dich machen lassen“, sagt sie und breitet es aus. „Hat ein bisschen länger gedauert, als ich dachte.“
Viktor liest, was auf dem Trikot steht: „Viktor vor! Noch ein Tor!“
„Genau so eins hatte Opa auch, weißt du. Und es hat ihm viel Glück gebracht.“
Viktor freut sich: „Danke, Oma!“ Er steht auf und winkt Mario zu, der mit seinen Eltern den Platz verlässt.
Oma winkt auch und ruft: „Ci vediamo, amico!“

7. Fall: An welcher Stelle wendet sich das entscheidende Spiel zum Guten?

Als Oma endlich kommt.

„Wieso kannst du überhaupt Italienisch, Oma?“, will Viktor wissen. „Das wusste ich ja gar nicht.“

„Tja“, sagt Oma geheimnisvoll und hakt sich bei Viktor unter. „Das ist eine längere Geschichte …“

Als Viktor sich den magischen Spruch selbst vorsagt.

Als der Trainer ihn anfeuert.

Was sagst du dazu?

„Plötzlich war der Bann gebrochen." – Warum könnte das eine Überschrift für Viktors Geschichte sein?

Schreibe deine Meinung dazu auf und schicke sie uns! Als Dankeschön verlosen wir unter den Einsendern zweimal jährlich tolle Buchpreise aus unserem aktuellen Programm!
Eine Auswahl der Einsendungen veröffentlichen wir außerdem auf unserer Homepage www.lesedetektive.de.

Wenn du alle Fälle im Buch richtig gelöst hast, kannst du hier das Lösungswort eintragen:

T E A M G E i s t

1. 2. 3. 4. 5. 6. 7.

Die Duden-Lesedetektive: Leseförderung mit System

1. Klasse
32 Seiten, gebunden

- Finn und Lili auf dem Bauernhof • ISBN 3-411-70782-8
- Nuri und die Ziegenfüße • ISBN 3-411-70785-2
- Eine unheimliche Nacht • ISBN 3-411-70788-7
- Franzi und das falsche Pferd • ISBN 3-411-70790-9

2. Klasse
32 Seiten, gebunden

- Die Prinzessin im Supermarkt • ISBN 3-411-70786-0
- Auf der Suche nach dem verschwundenen Hund • ISBN 3-411-70783-6
- Emil und der neue Tacho • ISBN 3-411-70789-5
- Sarah und der Findekompass • ISBN 3-411-70792-5

3. Klasse
48 Seiten, gebunden

- Anne und der geheimnisvolle Schlüssel • ISBN 3-411-70787-9
- Eins zu null für Leon • ISBN 3-411-70784-4
- Viktor und die Fußball-Dinos • ISBN 3-411-70793-3

4. Klasse
48 Seiten, gebunden

- Der Geist aus dem Würstchenglas • ISBN 3-411-70794-1

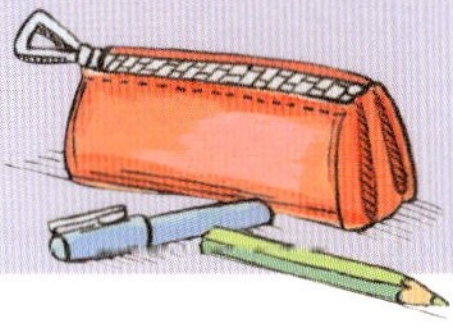

Weitere Titel zu allen Lesestufen in Vorbereitung!

Gefunden!
Knote den Streifen einfach an das Lesebändchen an und fertig ist dein Geheimalphabet! Neben jeder richtigen Antwort im Buch steht ein Zeichen, das du im Alphabet wiederfindest. Setze nun auf der letzten Seite die Buchstaben zum Lösungswort zusammen.